L'AMOUR
MANNEQUIN

OPÉRA BOUFFE EN UN ACTE

Paroles de M. J. RUELLE, musique de M. Th. GALLYOT

REPRÉSENTÉ POUR LA PREMIÈRE FOIS
AU THÉATRE DES FANTAISIES PARISIENNES
LE 16 MARS 1867.

PRIX : UN FRANC

PARIS

LIBRAIRIE DE LA BIBLIOTHÈQUE NATIONALE

1, rue Baillif (près la Banque de France)

ET CHEZ TOUS LES LIBRAIRES

1867

L'AMOUR
MANNEQUIN

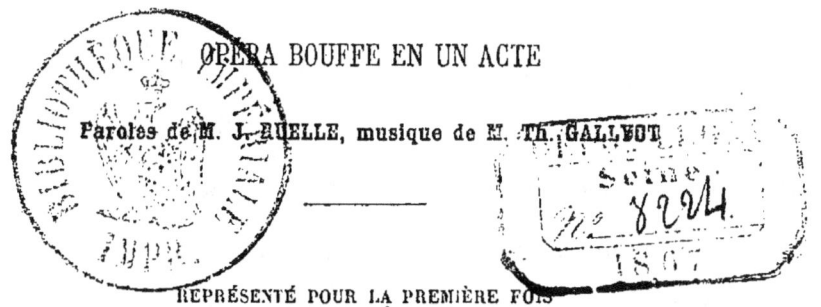

OPÉRA BOUFFE EN UN ACTE

Paroles de M. J. RUELLE, musique de M. Th. GALLBOT

REPRÉSENTÉ POUR LA PREMIÈRE FOIS

AU THÉATRE DES FANTAISIES PARISIENNES
LE 16 MARS 1867.

PARIS

LIBRAIRIE DE LA BIBLIOTHÈQUE NATIONALE

1, rue Baillif (près la Banque de France)

ET CHEZ TOUS LES LIBRAIRES

—

1867

PERSONNAGES

CORNATOROS, menuisier................ M. Croué.

NIZZA, sa fille..................... Mme Bonelli.

DIEGO, bachelier, amoureux de Nizza.... Mlle Rigault.

PEDRITO, meunier, autre amoureux..... M. Barnolt.

UN NOTAIRE .... M. Choquet.

———————

La scène se passe en un village d'Espagne.

(COSTUMES DE FANTAISIE.)

———————

NOTA. — Pour la partition et les parties d'orchestre, s'adresser à M. Biloir, éditeur,, rue Albouy.

L'AMOUR MANNEQUIN

OPÉRA BOUFFE EN UN ACTE

Le théâtre représente une salle rustique; on y voit quelques instruments de labourage et quelques outils de menuiserie. A gauche, 2e plan, et bien en vue, une fenêtre avec balcon et rideaux. Portes à droite et à gauche, 1er et 3e plan. .Au fond, grande porte donnant sur un escalier extérieur, Au fond, à droite, autre fenêtre à balcon. A droite, 1er plan, une table. A gauche, une grande niche fermée par une draperie.

SCÈNE Iʳᵉ

NIZZA (seule).

(Elle travaille assise à la table de droite.)

CHANSON

Ninette était la folle fille
  Qui, vers les bois, le soir,
Allait rêver sous sa mantille
  Au page du manoir.
  Ninette, ma gentille,
  Au bois, il fait bien noir !...
  Et l'écho peut redire
  Le secret de ton cœur.
  Tout bas chante et soupire,
  Garde bien ton bonheur.

Ninette un soir trouva le page
Au bois, qui l'attendait.
Lorsqu'elle revint au village,
Le coq déjà chantait.
Mais, cachant son visage,
Ninette, hélas ! pleurait !...
Ainsi, mesdemoiselles,
Le soir, fuyez les bois ;
C'est là qu'aux plus cruelles
L'amour dicte ses lois.

J'ai beau chanter, je m'ennuie !... Il n'y a pas de fille plus malheureuse que moi. Deux choses excitent ma curiosité ; — et je suis si curieuse ! — La première, c'est ce rideau que mon père me défend de soulever ; pour qu'il me le défende, il faut qu'il cache un grand mystère. La seconde, c'est cette voix, ou plutôt ces voix, car il y en a deux, qui chaque jour se font entendre sous mes croisées ! Dans leurs chansons, je distingue bien le mot amour, mais cela ne m'avance guère, puisque j'ignore ce que c'est. A dix-sept ans, quelle horreur ! (*Elle se lève*). D'abord, si ce sont des amoureux, ils ont tort de ne pas se montrer !... L'amour ne doit pas consister seulement à donner des sérénades ! (*Elle soupire et va vers la croisée de droite*). Que font-ils donc aujourd'hui ? j'ai beau prêter l'oreille, je n'entends rien (*Redescendant*). Pour comble de malheur, mon père me laisse seule (*Montrant le rideau*), et seule avec ce terrible voisinage qui m'attire et que, malgré moi... (*Elle s'approche du rideau et s'éloigne brusquement*). Décidément, mieux vaut m'enfuir, car, le dépit aidant, je désobéirais bien sûr à papa ! (*Elle va pour sortir, une guitare résonne dans la coulisse ; elle s'arrête et dit avec joie*) Enfin les voici. Je reste alors et j'écoute !

SÉRÉNADE

DIEGO (*dans la coulisse*).

Rayon des cieux,
Ah ! donne à ma guitare

Des sons joyeux !
Tendres échos,
D'elle tout me sépare,
Plaignez mes maux.
Dans la brise, hélas ! quel silence !
Pas même le bruit d'un baiser,
Pas même un soupir d'espérance,
Car je suis tout seul à chanter !...

PEDRITO (*dans la coulisse*).

Connaissez-vous pas ma belle,
Belle enfant ?
Son cœur est la citadelle
Que défend
La vertu la plus farouche
Du canton ;
Car toujours répond sa bouche
Toujours non !

NIZZA

L'un semble gai, l'autre soupire ;
Lequel est le plus amoureux ?
L'amour fait-il pleurer ou rire ?
Ah ! qu'ignorer est ennuyeux !...

DIEGO

Flots argentés
Qui baignez sa fenêtre,
Coulez, coulez !
Doux rossignol !
Qu'elle écoute peut-être
Suspends ton vol !
Ah ! que n'ai-je ta voix aimée,
Que ne suis-je rapide oiseau ;
J'irais, dans la nuit embaumée,
Confier ma peine à l'ormeau ! ..

SCÈNE II.

NIZZA, CORNATOROS

(A lι fin de la sérénade, Cornatoros, tenant un bâton, entre et refιrme vivement la porιe ; au bruit, Nizza se retourne effrayée.)

NIZZA. — Ah ! papa ? Vous m'avez fait peur !

CORNATOROS *(pensif).* — Un voleur chante-t-il ? Un amoureux chante-t-il juste ?

NIZZA. — A quoi pensez-vous ?

CORNATOΛOS *(même jeu).* — Je ne sais si je pense... mais je crains...

NIZZ\. — Quoi donc ?

CΟRNATOROS. — Tout !... *(Mysterieusement)* Nizza, que dis-tu de ces voix qu'on entend depuis quelques jours ?..

NIZZA *(embarrassée).* — Je ne sais trop...

CORNAΤOROS. — Je tremble que ce ne soient des voleurs.

NIZZ\ *(ρffrayée).* — Des voleurs !

CORNATOROS. — Ou des amoureux ; mais ce sont plutôt des voleurs, car tu es trop jeune et moi trop vieux pour que bacheliers ou senoras nous content fleurette !.. *(Il va déposer son bâton au fond.)*

N'ZZA. — Qui sait ?..

CORNATOROS. — Ce sont peut-être des envieux qui voudraient s'approprier le fruit de mon travail. Derrière ce rideau est la fortune et plus encore : la gloire !..

NIZZA. — La fortune, la gloire, derrière ce rideau ? Est-ce bien possible ?

CORNATOROS. — Si c'est possible ? Mais sais-tu que ton père, sans presque s'en douter, exécuta un chef-d'œuvre de patience et de génie, qui doit illustrer son nom jusqu'à la fin des siècles ?...

NIZZA. — Et vous nommez cela ?

CORNATOROS. — Le vulgaire et moi, nous disons un mannequin, mais notre seigneur l'alcade a trouvé un mot bien plus extraordinaire... dont je ne me souviens jamais: un au... auto... automate. Il paraît, ma fille, que j'étais un homme de génie...

NIZZA. — Vraiment !

CORNATOROS.—Tu sais que nous avons dans le jardin deux magnifiques figuiers; tu sais aussi que les oiseaux nous mangeaient toutes les figues et que cela m'enrageait. Un jour, je me suis mis en tête de confectionner un manne-quin, un épouvantail modèle : je combinai si bien mon affaire, qu'au dire du seigneur alcade, qui s'y connaît, et qui tient aussi à ses figues, je suis parvenu à faire un chef-d'œuvre.

NIZZA. — Un chef-d'œuvre !

CORNATOROS. — Il m'en offre une grosse somme en me promettant la fourniture de tous les seigneurs des Es-pagnes. Tu comprends si je tiens à ce précieux travail qui doit me rendre millionnaire, en devenant la terreur des moineaux de ma patrie. Aussi, je tremble toujours que quelque vaurien ne me ravisse ce chef-d'œuvre, cette merveille, dont je dois demain opérer la livraison contre de beaux écus sonnants.

NIZZA. — Et vous croyez, que ce joujou...

CORNATOROS. — Ça marche, agit, fonctionne, en tout et pour tout, comme toi et moi, par un certain petit res-sort....

NIZZA. — Oh ! papa, que je voudrais donc le voir !

CORNATOROS. — Garde-t'en ! Je te l'ai défendu et je te le défends encore !

NIZZA. — Puisque ce travail est si parfait ?

CORNATOROS. — C'est justement pour cela, jeune fille,

que je vous en interdis l'examen ! — Mais, assez là-dessus. Ma gloire future ne doit pas me faire oublier la cage à poules que j'ai promise pour demain au voisin Cucurbitos. Je vais à l'atelier; toi, reste ici.

NIZZA. — Oui, papa.

CORNATOROS. — Ou plutôt non, suis-moi.

NIZZA. — Oui, papa !

CORNATOROS (*allant à la porte du fond et la fermant*). — Verrouillons prudemment cette porte. Viens. (*Il se dirige vers la gauche.*)

NIZZA (*le suivant*). — Oui, papa.

CORNATOROS. — Non, marche devant.

NIZZA (*passant*). — Oui, papa.

CORNATOROS (*s'arrêtant devant le rideau et l'entr'ouvrant*). — Le voici ! qu'il est beau !.. quelle tête, quel corps, quelle perfection !... (*Nizza regarde par-dessus son épaule; il se retourne et l'aperçoit*).

NIZZA (*se reculant*). — Papa, je n'ai rien vu !

CORNATOROS (*à part*). — Oh ! ces petites filles !.. (*Haut*) Allons, passe devant... (*Arrivé près de la porte, il se retourne encore pour regarder son automate et surprend encore Nizza qui cherche à voir*) Encore ? J'aurais dû mettre là une porte ! Enfin, comme demain j'opère ma livraison.... (*Ils sortent par la gauche*).

SCÈNE III.

DIEGO (*paraissant à la croisée de gauche*).

DIEGO. — J'y suis enfin !... ça n'est pas sans peine ; je ne sais pas comment je ne me suis pas noyé ou cassé le cou !... Oh ! amour, amour !... (*Enjambant la croisée*) Voici le lieu fortuné qui cache tant de charmes et d'innocence !... Voilà le balcon où parfois je la contemple !...

(*Changeant de ton*) Ma démarche est un peu étrange, mais je n'avais pas le choix des moyens, et puis je ne suis pas le premier venu : Diego Ferreros, bachelier licencié, portant diplôme en poche, en vaut bien un autre !... Mais, en attendant, si l'on me surprenait, on pourrait fort bien m'éconduire, et adieu les beaux projets. Où pourrais-je me blottir en attendant que mon étoile m'envoie Nizza ?... (*Il va aux portes*) Une chambre, impossible !.. Un atelier, encore plus !... (*Voyant le rideau*) Qu'est cela ?... (*Il le tire*) Un mannequin !.. Mon futur beau-père serait-il fabricant de poupées à ressorts ? Peu m'importe en somme ! (*Il l'examine*) Drôle de tête ! On ferait de cela une superbe enseigne de barbier. (*Se frappant le front*) Quelle idée !... si je me substituais à ce bellâtre ?.. La cachette est bonne, la draperie ample et épaisse; voilà mon affaire; à l'œuvre ! (*Soulevant l'automate*) Diable ! il est lourd, serait-il en fer, par hasard ?...(*Regardant autour de lui*) Où le mettre pour que cela ne frappe pas les regards ? (*Avisant la croisée de gauche*) Si j'osais ?.. Après tout, un mannequin... n'est jamais... qu'un mannequin !... (*Il va à la croisée et y appuie l'automate*) Il ne se noiera pas, et il s'agit de mon bonheur !... Une..., deux... (*Hésitant*) faut-il ?... Une..., deux.... (*Poussant l'automate, qui disparait*) et trois, vlan ! (*Il regarde*) Bon ! il demeure sur l'eau et en sera quitte pour un bain ; on ne meurt pas de cela, en été surtout. Et maintenant, prenons sa place !.. (*Il monte sur l'estrade, se pose et s'entoure de la draperie*) Tiens, tiens, mais je me semble assez beau là-dedans !.. Un bachelier à la place d'un mannequin ! le vieux Cornatoros ne perdrait pas au change.

SCÈNE IV

DIEGO (caché), PEDRITO

PEDRITO (*paraissant à la croisée du fond à droite, sur*

l'appui de la croisée). — Personne... Ouf !... Je dois être meurtri des pieds jusqu'à la tête !

DIEGO *(vivement).* — Quelqu'un. *(Il ferme vivement le rideau.)*

PEDRITO *(enjambant).* — Ayez donc une voix enchanteresse, une voix à faire taire les rossignols les plus rossignolants, pour vous voir réduit à grimper sur les toits comme un chat !... Car je me fais en ce moment l'effet d'un chat !... Ainsi que cet ardent animal, je miaule et je grimpe ; seulement, lui, après avoir bien miaulé et grimpé, il trouve sur le toit sa douce chatte, sa sensible Isabelle ; tandis que moi, je ne trouve rien ; *(Faisant une grimace)* si, je trouve un treillis dont les pointes acérées me pénètrent... partout ! *(Regardant autour de lui)* Ma bien-aimée Nizza, parais et me console !

DIEGO *(vivement).* — Un rival ?...

PEDRITO *(se retournant).* — Hein ?... Il m'avait semblé entendre... Non, c'est la fièvre, car je grelotte !... Songez donc : l'amour et la crainte de me rompre les os ! Tout cela à la fois !... *(Avec colère)* Et dire que si j'expose ainsi des jours si précieux, c'est parce qu'un vieux fou m'a refusé sa fille, sous l'absurde prétexte que je suis un âne ! Un meunier sans aucune notion de mécanique ! Perruque, va ! Comme si je n'étais pas assez fort pour faire un mari ; il faut donc tant de mécanique dans le mariage ?... Mais je n'abandonne pas la partie, et nous allons voir. De deux choses l'une : ou j'enlève la fille...

DIEGO *(vivement).* Animal !...

PEDRITO. — Vous dites ?... Oh ! pour le coup ce n'est pas la fièvre. *(Regardant autour de lui)* Il y a quelqu'un ici ?... *(Allant au rideau)* Une cachette !... *(Il approche avec précaution, écarte le rideau et voit Diego immobile. Un homme, bigre !... Mais il ne bouge pas !... Rien ?..)* Silence et immobilité !... Ah ! j'y suis, c'est le chef-d'œuvre, le fameux épouvantail automate!... (*Le regardant*) Et voilà ce qui rend le vieux Cornatoros si orgueilleux, un épouvantail à moineaux! un mannequin?... O vanité des vanités!... Il me refuse sa fille qu'autrefois il m'avait promise parce que je suis incapable de confectionner une machine comme celle-là!... (*Haussant les épaules*) Vieux toqué!... Mais une fois marié je me charge de produire quelque chose de bien supérieur, sans me flatter, et à mon tour je pourrai lui dire : Bonhomme, fais-en autant!... Oh! une autre idée, si au lieu d'enlever la fille j'enlevais le mannequin?... Je pourrais par là tenir le récalcitrant beau-père et lui forcer la main, pardieu! C'est bien plus facile. Voyons, ça doit s'emporter comme une plume. (*Il veut charger Diego sur ses épaules, mais il reçoit un coup de poing.*) Oh! que diable est cela?... (*Il examine Diego, qui demeure immobile*) Bon! j'aurai touché un ressort. Essayons autrement, car il frappe ferme. (*Il le prend d'une autre manière, mais Diego lui donne un coup de genou.*) Aïe!... Encore? Ah! ça, mais cet automate n'est que ressorts?...

NIZZA (*dans la coulisse*). — Oui, mon père, j'y vais!...

PEDRITO. — Quelqu'un? Cachons-nous en attendant un instant plus favorable à mon entreprise. (*Allant vers la porte à droite*) Par là, je trouverai bien un réduit momentané? Au petit bonheur! (*Montrant le poing à la niche*) Toi, tu me payeras tes gourmades. (*Il sort.*)

DIEGO. — Enfin, il s'éloigne et la voici!

SCÈNE V

DIEGO (*caché*), NIZZA

NIZZA (*entrant pensive et répétant ce qu'a dit son père*). — Ce que cache ce rideau, c'est la fortune, et bien plus, c'est la gloire! Cet automate doit illustrer mon nom jusqu'à la consommation des siècles... Il faut que cela soit bien beau!... (*Regardant vers le rideau*) Dire que me voici seule et que là, près de moi... Oh! la curiosité!... Si l'on était bien sûre de ne pas être surprise, on se risquerait; car, personne ne me voyant commettre la faute, c'est comme si je ne l'avais pas commise!...

Couplets

C'est un défaut que d'être curieuse,
Mais de cela
Je puis ici me montrer oublieuse,
Qui le dira?

PREMIER COUPLET

Lorsqu'on me cache un mystère,
Je brûle de le savoir,
Car ignorer m'exaspère,
Je guette matin et soir
Le moment le plus propice
Pour contenter mon désir,
Bien que souvent je rougisse
D'avoir pu désobéir!...

C'est un défaut que d'être curieuse, etc.

DEUXIÈME COUPLET

Mon papa n'est pas trop tendre,
Un rien peut le mettre en feu;
S'il venait à me surprendre,
Il me battrait bien un peu!
Mais pourtant rien ne m'arrête,
Et si je me sens trembler,
C'est lorsque la chose est faite,
Que je n'y puis rien changer.

C'est un défaut que d'être curieuse, etc.

Décidément, je n'y tiens plus, il faut que je sache ce qu'il y a derrière ce rideau; je le saurai! (*Elle s'approche du rideau, puis s'arrête*). Mais ce terrible ressort dont

mon père vient de tant m'effrayer! Si par mégarde...
(*Reculant*) Non, non, je ne veux pas; je... ne... veux...
pourtant... (*Elle se rapproche*). En faisant bien attention,
en prenant bien garde, je pourrais peut-être... (*Elle
touche le rideau*). Allons, du courage !... mon cœur bat!...
Cependant je ne suis plus une enfant; à dix-sept ans, on
peut tout voir et tout savoir !... Et puis il n'arrive rien
à papa, pourquoi m'arriverait-il malheur? Ma foi, tant
pis !... (*Elle ouvre le rideau*). Que vois-je! une statue? Et
'est pour cela que je désobéis à papa !...

Duo.

Une statue, ah ! quel dommage !
Pour tant de curiosité !
Ne rien voir eût été plus sage,
Je suis confuse en vérité !

DIÉGO (*à part*).

D'être immobile, ah ! quel dommage !
Devant si naïve beauté !
Quel doux regard, quel frais visage !
Elle m'enchante, en vérité !

NIZZA (*allant à Diégo*).

Regardons mieux ! Mais il a fière mine !
C'est un jeune homme, un homme de carton.
Ah ! s'il vivait, sans peine on le devine,
Ce serait un fort beau garçon !
Car son regard brille comme une flamme
Il m'éblouit !...

DIÉGO (*à part*).

Du moins je puis la voir,
Que dans mes yeux passe mon âme !

NIZZA.

Il me plaît fort et je veux le revoir
Chaque matin, quoi qu'en dise mon père.

DIEGO (*à part*).

Ah! quel bonheur!

NIZZA (*avec dépi*)

Ah! vraiment, pourquoi faire?
Obéissons et fermons bien les yeux!
Une statue!... Ah! j'espérais bien mieux!
Une statue!... Ah! quel dommage!
Etc., etc.

DIEGO.

D'être immobile, ah! quel dommage!
Etc., etc.

NIZZA.

Mais papa dit que l'automate
Tout comme un homme peut agir,
Je vais le voir...

DIEGO (*à part*).

Ah! ça se gâte!
Comment donc vais-je m'en sortir?

NIZZA (*à Diégo*).

Monsieur, ou de bois ou de pierre,
Daignez, pour me faire plaisir,
Venir ici...

DIEGO (*à part*).

Que faut-il faire?
Je crains ma foi de me trahir!

NIZZA.

Eh bien?...

DIEGO (*à part*).

Allons, quoi qu'il puisse advenir!
(*Il descend lentement du piédestal et va à Nizza*)

NIZZA (*avec joie*).

Il obéit, gravement il s'avance!
Plus vite. Assez! Arrêtez-vous!...

Marchons sans bruit, mon père est près de nous !
Et je brave ici sa défense...
Mon petit ami,
Mon pantin joli,
Pour être chéri,
Soyez bien gentil !

(Elle le fait aller, venir, bouger, en le prenant par le bras.)

Faites un pas... levez la tête !
Plus haut... prenez mon bras...

(Ils se promènent)

Promenons-nous, c'est jour de fête !. .

DIEGO *(à part).*

Ah ! pour moi, quel doux embarras !

NIZZA *(s'arrêtant).*

Et maintenant, je veux connaître,
Monsieur, le son de votre voix.

DIEGO

Ah ! diable ! Ici, je vais peut-être
Me trahir et tout perdre à la fois ?

NIZZA

Dites un mot, belle statue !

(Avec impatience.)

Parlez, parlez... Je suis têtue !

(Avec douceur.)

Mon petit ami,
Mon pantin joli,
Pour être chéri,
Soyez bien gentil.

DIEGO *(à part.)*

On peut venir et le temps presse !
Voici l'instant de tout risquer !

NIZZA *(lui prenant la main.)*

Eh bien ?...

DIEGO (*à part*).

O douce ivresse !...

(*A Nizza haut*).

Je t'aime !...

NIZZA (*étonnée*).

Il m'aime ?

DIEGO

Autant qu'on peut aimer !. .

NIZZA (*se reculant peu à peu*).

Ah ! que dit-il ?

DIEGO (*avec feu*).

Je t'aime !
Ici, c'est l'amour même
Qui m'a conduit !...

NIZZA

Je n'en puis revenir !

DIEGO (*avec force*).

Au diable, enfin, quoi qu'il puisse advenir !

Plus de mystère,
Amant sincère,
Cœur amoureux.
Ici, je veux,
Ma belle amie,
Nizza chérie,
Te dire enfin,
Sans nul témoin,
Que je t'adore,
Et que j'implore,
Pour mon amour,
Tendre retour !

NIZZA

Ah ! quel mystère,
Que dois-je faire ?

Ce sont les vœux
D'un amoureux !
Douce, attendrie,
Sa voix supplie,
Et je crois bien
Comprendre enfin
Qu'elle m'implore,
Et qu'il m'adore ;
Tout en ce jour
Parle d'amour !

DIEGO

A toi, ma belle,
Flamme éternelle.

NIZZA

Déjà mon cœur
Est sans frayeur !

DIEGO

Pour nous la vie
Sera fleurie !

NIZZA

En un instant,
Quel changement !
Reprise.

SCÈNE VI

LES MÊMES, PEDRITO

PEDRITO (*entrant par la droite*). — Je n'ai rien vu. (*Voyant Diego embrassant Nizza.*) Oh ! je vois quelque chose à présent !...

NIZZA. — Monsieur l'automate, je vous en prie, ne dites rien à papa !

PEDRITO (*sans se montrer*). — L'automate ?... en effet, c'est lui, quel mystère ?

DIEGO. — Nizza, je t'aime.

PEDRITO. — Il parle?

NIZZA. — Vous m'aimez?...

DIEGO (*l'embrassant*). — Je n'aimerai que toi.

PEDRITO. — Il embrasse. C'est trop fort! Il faut absolument que je voie de quel bois est fait cet automate. *Il s'approche à pas de loup.*)

DIEGO. — Je te jure un éternel amour. Plus tard, tu sauras tout et tu me pardonneras, et tu m'aimeras; (*L'embrassant*) Oh! oui, tu m'aimeras...

PEDRITO (*se mettant entre eux*). — Et moi?

NIZZA (*se reculant effrayée*). — Ciel!

DIEGO (*avec colère*). — Au diable l'animal.

PEDRITO (*à Diego*). — Savez-vous que vous n'allez pas mal pour un mannequin!...

DIEGO (*avec colère*). — Que voulez-vous? que faites-vous ici?...

PEDRITO. — Et vous?

DIEGO. — Insolent!

PEDRITO. — Ah! tout doux, monsieur l'épouvantail, je ne suis pas un moineau!

DIEGO (*avançant sur lui*). — Vous êtes un mal-appris! un butor !

PEDRITO (*reculant*). — Ah!

DIEGO (*le menaçant*). — Un cuistre! un lourdaud!

PEDRITO. — Ah! ah!

DIEGO (*prenant le bâton de Cornatoros*). — Que je vais châtier comme il le mérite. (*Il lui court sus.*)

PEDRITO (*courant et criant*). — A l'assassin!... à l'aide!

CORNATOROS (*de la coulisse*). — Qui va là?

NIZZA (*se sauvant par la droite*). — Mon père!

PEDRITO et DIEGO. — Le père! Ah! diable! sauve qui peut!

(*Ils se bousculent pour sortir, et Cornatoros entre comme Diego disparaît par la croisée de gauche*).

SCÈNE VII

PEDRITO, CORNATOROS

CORNATOROS. — Ciel! un homme, et un autre qui s'échappe.

PEDRITO (*à part*). — Mon toqué?... Je suis pris.

CORNATOROS (*reconnaissant Pedrito*). — Le meunier! (*Montrant la croisée où s'est échappé Diego*). Et par là un fuyard? Que venaient-ils faire ici?

PEDRITO (*à part*). — Le mannequin a de meilleures jambes que moi. Allons, il faut payer d'aplomb!

DUO BOUFFE

CORNATOROS (*à part*).

Singulier incident,
Mon embarras est grand !

PEDRITO (*à part*).

Le fâcheux incident,
Mon embarras est grand !
Pour le tromper comment faire,
De lui comment me cacher ?
De mon projet le mystère
Ici va se dévoiler.

CORNATOROS (*à part*).

Il hésite, quel mystère
En ces lieux peut l'amener ?
A ma fille veut-il plaire
Ou bien veut-il me voler ?

PEDRITO

Il va me flanquer à la porte !

CORNATOROS

Il est penaud comme un oison.

PEDRITO

Ah ! que le grand diable l'emporte !

Ensemble.

CORNATOROS	**PEDRITO**
En tapinois je le guette,	En tapinois il me guette,
Il ne m'échappera pas,	Il observe tous mes pas ;
Car mon regard en cachette	Et son regard en cachette
Le plonge dans l'embarras !	Me plonge dans l'embarras.

De la prudence,
Filons bien doux !
Et que la chance
Soit avec nous.
Sans trop d'audace
Tenons la place ;
Si je n'y commandais bientôt,
Vraiment je ne serais qu'un sot !

CORNATOROS

De la prudence,
Car s'il n'est fou,
Son insolence
Cache un filou !
Mais quoi que fasse
Sa vaine audace,
D'ici, je jure que bientôt,
Je l'expulserai comme un sot.

(A Pedrito).

Monsieur, serait-il, je vous prie,
Indiscret de vous demander
Ce que...

PEDRITO *(passant).*

Je viens d'entendre la demie,
Et sous peu l'heure va sonner.

CORNATOROS

Hein !... Monsieur, veuillez me comprendre.
Dites-moi comment il se fait
Qu'ici...

PEDRITO

Chut, près d'ici je viens d'entendre
Un rossignol qui préludait !... (*Il écoute*).

CORNATOROS

Un rossignol ?... (*A part.*) La chose est claire,
Le drôle se moque de moi.

PEDRITO (*à part*).

Au diable, au diable soit le père.

CORNATOROS

Et là, pourtant, il reste coi !
Il est penaud !...

PEDRITO (*à part*).

Ma foi que dire ?

CORNATOROS

Tout interdit !...

PEDRITO

Faut-il en rire ?

CORNATOROS

Mais, je le crois, j'aurai bientôt
De tout ceci le dernier mot.

PEDRITO

D'ici peut-être que bientôt
On m'expulsera comme un sot !

Reprise.

En tapinois je le guette,
Etc., etc., etc.

CORNATOROS. — Allons, trêve de plaisanterie, Monsieur l'enfariné, vous n'êtes pas sourd et je ne suis pas un imbécile !

FEDRITO. — A coup sùr, la moitié de cela est vrai.

CORNATOROS. — Je n'ai pas le temps de répondre à vos insolences ! Oh ! vous savez que nous ne sommes pas bons amis !

PEDRITO. — A qui la faute? Sinon à vous, Cornatoros, jadis simple et honnête menuisier, dont je devrais être le gendre, et qui me refusez aujourd'hui Nizza, que j'épouserai quand même.

CORNATOROS. — Tara ta ta, mon drôle, vous prétendez que vous aimez ma fille, mais je crois que vous cachez des idées bien plus ambitieuses... (*Il regarde vers le rideau.*) Je devrais vous faire un mauvais parti, car vous ne pouvez vous être introduit chez moi que par escalade. Au fait, vous étiez deux ici tout-à-l'heure. (*Avec défiance.*) Quel était cet autre et que voulait-il ?

PEDRITO. — Ah ! quant à celui-là, papa Cornatoros, vous le connaissez mieux que moi ; c'est votre enfant chéri !

CORNATOROS (*étonné*). — Mon enfant chéri ?...

PEDRITO. — Et que je vous conseille de vendre au plus tôt.

CORNATOROS. — Vendre mon enfant !...

PEDRITO. — Oui, le vendre; sans quoi il arrivera de vilaines choses dans votre maison.

CORNATOROS (*étonné*). — De vilaines choses dans ma maison...

PEDRITO. — Tudieu, quel gaillard !... Ah ! mes compliments, vous travaillez bien ! Quelle éloquence et quel poignet !... Vous l'auriez fait exprès pour votre fille, que vous n'auriez pas mieux réussi; elle l'écoute avec tant de plaisir, elle se laisse si bien embrasser par lui... Seulement, croyez-moi, papa imprudent, démontez la mécanique et mettez le joujou sous clef, autrement gare !

CORNATOROS (*avec colère*). — Mais de quoi diable veux-tu bien parler ?

PEDRITO. — Eh ! de votre automate donc !

CORNATOROS. — Mon automate embrassait ma fille ?...

PEDRITO. — Je ne crois pas être arrivé trop tôt pour le déranger, ce qui m'a valu de bons coups de canne même !...

CORNATOROS. — Mon automate t'a donné des coups de canne ?

PEDRITO. — Très-bien appliqués. S'il traite de même les voleurs et les oiseaux, vrai, père Cornatoros, vous aurez rendu un service aux propriétaires.

CORNATOROS. — Mais, animal, moi seul je connais le moyen de le mettre en mouvement ; à personne je n'ai montré le ressort principal...

PEDRITO. — Il paraît que la jeune Nizza l'a trouvé, car elle lui fait faire ce qu'elle veut, et il obéit avec une grâce, une soumission...

CORNATOROS. — Tiens, mon pauvre Pedrito, j'ai pitié de toi, va te coucher, fais-toi saigner et dis qu'on te mette de la glace sur la tête, car décidément tu es fou.

PEDRITO (*criant*). — Quand je vous dis que je l'ai vu ; qu'ensuite il a sauté par cette fenêtre, et qu'à cette heure il court les champs !...

CORNATOROS (*bondissant*). — Mon automate court les champs... (*Il court au rideau et ne voit plus l'automate.*) Ciel ! volé.

PEDRITO. — Là !... qu'est-ce que je vous disais !...

CORNATOROS (*furieux*). — Meunier du diable, c'est toi qui... Ah ! j'étouffe ! (*Courant à sa canne*) Des armes !... un coutelas !...

PEDRITO (*se sauvant*. — Hé ! attention ! Qu'est-ce qui vous prend ?

CORNATOROS (*lui courant après*).—Pendard !... coquin !... voleur !... Il faut que je t'extermine !...

PEDRITO (*courant*). — Aïe !... On m'assomme !... A l'assassin !... (*Il gagne la porte et se sauve en criant*).

SCÈNE VIII

CORNATOROS *seul*

CORNATOROS (*se laissant choir sur une chaise*). — Perdu, pillé, ruiné par ces misérables !... Oh ! infortuné Cornatoros, ta misère est-elle assez complète ? Après avoir passé des mois à confectionner, sans le savoir, une merveille qui devait révolutionner l'univers, te voilà dépouillé. (*Se levant avec exaltation.*) Mais un semblable crime ne peut rester impuni ?... Il y a des lois, des magistrats et des alguazils en Espagne !... (*Marchant à grands pas.*) Pedrito, tu seras pendu, je l'espère !... Qui sait combien de chemin a déjà fait mon malheureux automate ? Mais je le retrouverai, et nous irons ensemble voir pendre les coquins... (*Appelant*). Nizza !... Nizza !...

SCÈNE IX

CORNATOROS, NIZZA

NIZZA (*accourant*). — Me voici, mon père. (*A part en regardant partout*). Tiens, plus personne... Il est rentré dans sa niche.

CORNATOROS. — Ma fille, tu me vois au désespoir. Ton père est volé... On m'a ravi mon automate.

NIZZA. — Ah ! quel malheur !... Cherchez-le bien, papa.

CORNATOROS (*marchant à grands pas*). — Sois tranquille, il faudra que je le retrouve.

NIZZA (*pleurant*). — Si vous ne le retrouvez pas, j'en

mourrai bien sûr de chagrin... Il est si gentil... si obéissant...

CORNATOROS (*étonné*). — Tu l'as donc vu ?...

NIZZA. — Ne me grondez pas, mon père ; c'est malgré moi qu'il s'est animé, qu'il m'a parlé, qu'il m'a embrassée !...

CORNATOROS (*abasourdi*). — Ah ! ça, est-ce que je deviens fou aussi, ou décidément ai-je inventé un mécanisme tellement supérieur que... Et tu dis qu'il t'a embrassée?

NIZZA. — Oui, papa, plusieurs fois, très-fort. Oh ! il ne me faisait pas peur... et il m'a dit que nous ne nous quitterions plus, que nous nous marierions... (*Pleurant*). A présent que j'avais apprivoisé mon gentil ami, voilà qu'on me l'enlève... Ah ! quel malheur !...

CORNATOROS. — J'ai le diable dans la cervelle. Ils me rendront malade si je les écoute. Ma fille, je compatis à ta douleur... tu m'attendris, Nizza, et volontiers je verserais une larme... si j'en avais le temps. Mais je suis tout à la vengeance. De ce pas, je cours chez l'alcade. Je lui dénonce le traître, il m'aide à retrouver mon trésor et...

NIZZA. — C'est cela, papa, courez et ramenez-le.

CORNATOROS (*avec volubilité*). — Je le rapporterai, te dis-je... dussé-je commettre un crime !... (*Courant sur la scène.*) Adieu ! Je reviens à l'instant. (*Il court vers la porte et bouscule un notaire qui entre*).

SCÈNE X

LES MÊMES, UN NOTAIRE, PEDRITO
puis DIEGO (*au balcon*).

LE NOTAIRE. — Ouf ! au diable le brutal. (*Il va ramasser son chapeau*).

2

CORNATOROS. — Brutal·vous–même, butor ! que voulez-vous ?

PEDRITO (*montrant le notaire*). — Monsieur m'accompagne.

CORNATOROS. — Ah ! tu oses revenir ici, toi ?

PEDRITO. — Papa Cornatoros, modérez vos expressions ; je reviens pour faire votre bonheur, mon bonheur, notre bonheur.

CORNATOROS. — Pour te faire assommer, veux-tu dire ?

PEDRITO. — Du calme. Nous allons bientôt nous entendre... Croyez-moi, laissez votre bâton en repos. (*Conduisant le notaire à la table et lui donnant une chaise.*) Monsieur, asseyez-vous et procédez.

(*Le notaire s'assied. Pedrito prend d'autres chaises et en offre une à Cornatoros.*)

CORNATOROS. — Tu te permets, je crois, de te mettre à ton aise ?...

PEDRITO. — Oui, et tout-à-l'heure vous m'embrasserez.

CORNATOROS. — Je t'étranglerai plutôt ! (*Il se dispute avec Pedrito.*)

DIEGO (*paraissant au balcon*). — Au risque de me rompre les os, il faut que je sache ce qui se passe ici. (*Voyant Pedrito.*) Encore mon rival !

CORNATOROS. — Assez de balivernes, que veux-tu et que vient faire cet homme noir ?

PEDRITO. — Monsieur est notaire. Il vient pour dresser un contrat de mariage qui sera signé par vous, moi et Nizza.

NIZZA. — Par moi, jamais !

DIEGO. — Ah ! ah ! voilà du nouveau.

CORNATOROS (*à Pedrito*). — Je vais te rouer de coups ou te faire sauter par la fenêtre ; choisis.

PEDRITO. — J'aime mieux épouser. (*Se d ndinant.*) Beau-père, je sais où est votre mannequin.

CORNATOROS (*bondissant*). — Ciel et terre, il le sait !...

NIZZA (*suppliant*). — Oh! rendez-le vite à papa.

PEDRITO. — Il est chez moi.

CORNATOROS. — Tu me l'avais volé !

PEDRITO. — Moi, je l'ai trouvé dans l'eau, arrêté à l'écluse de mon moulin.

NIZZA (*pleurant*). — Noyé, quel malheur, lui si gentil....

CORNATOROS. — Mais alors, tu vas me le restituer?

PEDRITO. — Certainement... mais après la signature du contrat ; c'est mon dernier mot.

(*Cornatoros et Pedrito discutent à voix basse.*)

DIEGO. — Pas une minute à perdre. (*Il disparaît.*)

SCÈNE XI

LES MÊMES moins DIEGO

CORNATOROS. — Ah! misérable, tu triomphes. Bien joué, Pedrito, bien joué, coquin... Il me prend des envies de t'exterminer ! Je le ferai après la noce.

NIZZA. — Je ne veux pas l'épouser, moi...

CORNATOROS. — Je comprends cela, mais sacrifie-toi, puisqu'il nous rendra le trésor.

NIZZA (*pleurant*). — A présent qu'il s'est noyé.

PEDRITO. — Il y a confusion, ma charmante... Mais nous éclaircirons tout plus tard. Pour le moment, dressons le contrat. (*A Cornatoros.*) Car maintenant, beau-père, c'est convenu, nous nous épousons. (*Il va vers le notaire*).

CORNATOROS. — Il le faut bien... Quelle honte, un gredin va entrer dans ma famille ! La ruine de mes espérances, ou de ce brigand faire mon gendre, c'est à crever de rage.

NIZZA (*pleurant*).—Mon Dieu, que je suis malheureuse !.. Il est si laid !

CORNATOROS. — Affreux ! je le sais bien !

PEDRITO. — Ah ! papa, sur mon physique je n'ai pas besoin de votre opinion, celle de ma future suffit !...

NIZZA. — Et puis, je le déteste !..

CORNATOROS. — Et moi donc, je l'exècre.

PEDRITO. — Ah ! ah !

NIZZA. — Je sens qu'il en sera toujours de même ?

CORNATOROS. — Je suis sûr que cela ira en augmentant.

PEDRITO (*à Nizza*). — Ma petite Nizza, si tu savais comme je t'aime !..., tu m'aimeras aussi.

NIZZA. — Jamais !

PEDRITO. — Cela viendra petit à petit. Tu verras comme ton Pedrito sera gentil, aimable !

NIZZA (*pleurant*).— Non, vous êtes trop laid. Je suis sûre que je serai toujours malheureuse.

CORNATOROS.— Ah ! ma fille, tu me fends l'âme ! Mais, qui sait, tu t'habitueras peut-être à ton sacripant de mari ?...

PEDRITO. — Je demande à ce que l'on change de conversation pour s'occuper du contrat que nous devons rédiger.

LE NOTAIRE. — Je suis à vos ordres.

PEDRITO.—Asseyons-nous ici, beau-père, et vous aussi, ma fiancée (*il met des chaises autour de la table, deux tournant le dos à l'entrée et une sur le devant, pour Nizza, qui s'assied à contre-cœur et en tournant le dos*).

LE NOTAIRE. — Et maintenant, procédons. Par devant nous, Maître, etc. (*Il écrit ce qu'on lui dicte tout bas*).

SCENE XII

LES MÊMES, DIEGO (*entr'ouvrant la porte du fond avec de grandes précautions*).

DIEGO. — J'arrive à temps. Il s'agit de préparer adroitement mon petit coup de théâtre... (*Il entre tenant l'automate dans ses bras.*) Ouf! il a bu un fameux coup, le mannequin, j'en ai ma charge... Voici l'instant d'être aérien. (*Avec de grandes précautions, il remet le mannequin dans la niche, referme le rideau sans être vu ni entendu, puis se cache lui-même derrière la niche*). A présent, à nous deux, monsieur le meunier, qui voulez croquer les marrons que, du feu, je retire.

(*A la table, on semble discuter*).

PEDRITO. — Papa Cornatoros, vous n'êtes pas généreux !

CORNATOROS. — Donner une dot, me dépouiller pour un coquin de ton espèce ! je jetterais plutôt mes vieux écus dans la rivière.

DIEGO (*à part*). — Bien parlé!

CORNATOROS (*à Pedrito*). — Oui, bien parlé.

PEDRITO. — Beau-père, vous êtes barbare !

CORNATOROS. — Nizza héritera de moi, mais j'espère qu'alors elle sera veuve, et elle l'espère aussi.

NIZZA. — Oh! oui, papa.

DIEGO (*à part*). — Charmante !

PEDRITO. — Je ne trouve pas.

CORNATOROS. — Qu'est-ce que tu dis?

PEDRITO. — Et vous?

CORNATOROS. — Finissons-en, ou la patience va m'échapper, signons et rends-moi mon bien.

PEDRITO. — Avec plaisir.

DIÉGO (*à part*). — Oui, attendez...

LE NOTAIRE. — J'attends déjà depuis un quart d'heure les noms, prénoms, titres et qualités des futurs...

PEDRITO. — C'est juste. Mettez d'une part Nizza Cornatoros.

LE NOTAIRE (*écrivant*). — Cor... na... to... ros.

PEDRITO. — Et de l'autre...

LE NOTAIRE. — De l'autre...

DIEGO (*se montrant*). — Diego Ferreros !...

TOUS. — Hein ?

Final.

CORNATOROS (*regardant Diego*).

Que nous veut cet intrus ?

PEDRITO (*à part*).

Mon rival en ces lieux ?...

NIZZA (*joyeuse*).

C'est bien lui !...

DIEGO (*la regardant*).

Doux instant !

TOUS.

En croirai-je mes yeux ?

Ensemble.

DIEGO.	NIZZA.
Amour qui m'inspire	J'espère et soupire
Viens guider mon cœur.	Quel jour pour mon cœur !
Pour nous tout conspire	Amour qui m'inspire
O sort enchanteur.	Garde mon bonheur.

PEDRITO

Ici tout conspire
Contre mon ardeur!
Et semble sourire
A cet imposteur !

CORNATOROS.

Quel triste martyre !
Quel jour pour mon cœur
Tout semble sourire
Au vil imposteur !

PEDRITO.

(*A part*) Payons d'aplomb ! (*haut*) Eh ! qui donc ose
Braver l'illustre Pedrito ?

DIEGO.

C'est moi : mais je soutiens la chose ;
Au notaire)   Ecrivez Ferreros !

LE NOTAIRE.

Il faudrait pourtant s'entendre,
Je ne puis les mettre tous deux !

PEDRITO (*au notaire*).

Seul ici j'y dois prétendre,
C'est Pedrito, c'est Pedrito.

DIEGO.

C'est Ferreros, c'est Ferreros.

CORNATOROS et PEDRITO.

C'est Pedrito, c'est Pedrito.

DIEGO et NIZZA.

C'est Ferreros, c'est Ferreros.

LE NOTAIRE (*étourdi*).

Je deviens sourd, mais sans comprendre.
Voyons, expliquez-vous un peu

CORNATOROS (*à Diego*)

Jeune homme, que voulez-vous faire ?
Et chez moi que demandez-vous ?

DIEGO.

J'aime Nizza, j'ai su lui plaire...

PEDRITO (*criant*).

C'est faux !...

CORNATOROS.

Tais-toi !...

PEDRITO.

Qu'il craigne mon courroux !..

CORNATOROS.

Silence !... à Nizza de répondre.

(*A Nizza*)

Eh bien ?...

NIZZA (*timidement*).

Il a dit vrai...

DIEGO.

O bonheur !

PEDRITO.

O fureur !

DIEGO (*à Pedrito*).

Balourd !.Voilà pour te confondre...

PEDRITO (*à Cornatoros*).

Beau-père, chassez l'imposteur...

DIEGO (*criant*).

L'entends-tu bien, c'est moi qu'on aime !

PEDRITO.

Mais moi, j'épouse ce soir même !...

DIEGO (*furieux*).

Avant cela je te tuerai !

PEDRITO (*se cachant derrière Cornatoros*).

J'épouserai, j'épouserai..,

CORNATOROS (*criant entre eux deux*),

Vous tairez-vous ?...

DIEGO.

Je le tuerai !...

CORNATOROS.

Vous tairez-vous ?...

PEDRITO,

J'épouserai !

Ensemble.

CORNATOROS	PEDRITO
La terrible journée ! Une race endiablée, Vraiment s'est acharnée A troubler mon repos. Mais je perds patience, Et bientôt ma vengeance, Je le prévois d'avance, Tombera sur leur dos !	Singulière journée ! La fortune obstinée, Vraiment s'est acharnée A troubler mon repos. Ah ! je perds patience ; Mais craignons sa vengeance, Elle pourrait, je pense, Retomber sur mon dos.

DIEGO	NIZZA
Ah ! la bonne journée ! Je vois ma destinée Par l'amour enchaînée ; Mon sort est des plus beaux ! Mais prenons patience, Mon rival, je le pense, Voit déjà ma vengeance Éclater sur son dos.	La terrible journée ! Ah ! quelle destinée, Contre nous acharnée, Trouble notre repos ? Mais prenons patience Car je sens l'espérance Me promettre d'avance Un destin des plus beaux.

(Après l'ensemble)

CORNATOROS (*criant*). — Assez, assez ! (*à Diego*) Jeune homme, votre figure me plaît ; je me sens tout disposé à vous chérir, et volontiers je vous prendrais pour gendre ; mais celui-ci qui est laid et que nous détestons, nous tient si bien, que, ce soir, Nizza sera sa femme. Voilà.

PEDRITO (*montrant la porte à Diego*). — Par conséquent...

DIEGO. — Attendez un peu ; vous donnez Nizza à Pedrito le meunier pour qu'il vous rende un automate que, traîtreusement, on vous déroba.

CORNATOROS. — Oui.

PEDRITO. — Et je ne le rendrai que lorsque le contrat sera signé.

DIEGO (*courant découvrir le mannequin*). — Eh bien ! moi, je l'ai rendu d'avance. Tenez :

CORNATOROS (*courant à la niche*). — C'est lui ! c'est bien lui...

PEDRITO. — Volé ! je suis volé !..

NIZZA (*regardant l'automate*). Oh ! qu'il est laid !

DIEGO (*à Nizza*). — L'amant avait pris la place du mannequin (*à part*) mais le mari supprimera la niche.

CORNATOROS (*à Diego*). — Héroïque jeune homme, tu es digne d'entrer dans ma famille, vous vous aimez, épousez-vous (*il les unit*).

PEDRITO. — Et moi ?

CORNATOROS. — Toi, vaurien, filou....

PEDRITO (*avec dignité*). — Bonhomme, vous n'êtes plus mon beau-père, soyez convenable.

LE NOTAIRE. — Les parties me semblant actuellement d'accord, je puis écrire ?...

DIEGO (*allant au notaire*). — Diego Ferreros.

LE NOTAIRE. — Décidément ?

CORNATOROS. — Oui.

FINAL

Ensemble

La terrible journée
Est enfin terminée ,
Et bientôt l'hyménée
Comblera tous $\frac{\text{nos}}{\text{vos}}$ vœux.

Amoureux, patience,
Ayez donc confiance ;
Vous avez l'espérance
Qui déjà rend heureux !

Paris. — Imp. Dubuisson et Cᵉ, rue Coq-Héron, 5.

Paris. — Imp. de Dubuisson et Ce, 5, rue Coq-Héron. 3487

www.ingramcontent.com/pod-product-compliance
Lightning Source LLC
Chambersburg PA
CBHW060857180626
46818CB00004B/1747